Poétiquement vôtre

Alexandre Naud

Poétiquement vôtre

Recueil

LE LYS BLEU
ÉDITIONS

ISBN : 979-10-377-5498-1

Préface
Alexandre
Naud filtre

Pétillant, curieux, touche à tout, sensible, humain !

Alexandre déguste continuellement la vie de peur de rater l'essentiel. Un projet ne suffit pas, une casquette ne suffit pas, une étiquette ne suffit pas. Son regard goulu se pose sur tout, absolument tout.

L'envie d'échanger, de comprendre, de créer est une constante chez lui. Aucune difficulté à être dans la même journée à talent égal : homme d'affaires, conseillé, acteur et donc, poète. Cet homme est une éponge, un capteur d'émotions, les joies de l'existence prennent le dessus pendant que les troubles et les malheurs se cachent derrière son sourire.

Ce recueil en est le reflet élégant : la pudeur tombe, la sensibilité triomphe. Un parfum, une lumière, une voix deviennent chez lui des prétextes poétiques. Mais au cœur de tout, ces femmes et ces hommes rencontrés, ces êtres sont le souffle de son âme qu'il nous offre sans filtre dans ce recueil.

Alexandre, nous nous sommes rencontrés par hasard dans un restaurant, quelle belle idée a eue ce jour-là le destin.

Lionel Chamoulaud

Anthony

Comme un frère, comme un ami,
Sur les chemins de Corrèze,
Avec ce petit fils d'Algérie,
Je me sens enfin à l'aise
Parcourant les terrains avec force
Je découvrais cet homme si droit,
J'étais l'arbre, il était l'écorce,
Cinquante ans que j'attendais cela,
Complices dans l'humour et la vie
Comme un bonheur à l'infini,
Si un jour tu es dans le doute,
Je serai là, avec mon épaule forte
Car Dieu nous a mis sur la route
Pour nous ouvrir toutes les portes
Nous ferons ou nous ferons pas,
Mais en tout cas, nous serons là.

Ce doux bassin

Les Hirondelles du Printemps s'envolent,
Les Carcans de la vie raisonnent,
Les amoureux transis batifolent,
Comme une odyssée d'amour, claironnée,
Les Maisons fermées ouvrent leurs nids,
Les bassins réveillent le Canal,
Le Cap nous donne cette envie,
De flâner doucement au bord de l'eau,
L'herbe embellit nos âmes ardues,
La patience du Canon qui attend,
De sonner le Glas comme avant
Le Feu et l'âme raisonnent au vent
Huîtres, bulots et Mayonnaise,
Rosé fruité, Cabanons magiques,
Heureux, nous prenons nos aises,
Au sein du Bassin, fantastique.

Avril

Regarde, malice, ivresse des vents,
Regarde, calice, bu jusqu'à la lie,
Admire, bougainvilliers du printemps,
La rosée du printemps feint l'envie,
De caresser les soupirs de ton roi,
Les papilles goûtent les épices fines,
Rouge, bleu, jaune créent l'émoi
D'une fin de journée si câline.
Magie des herbes volatiles, folles,
Les cyprès ne sont pas si loin,
Au gré du vent, je batifole,
Au petit matin, une gelée de coings
Caresse de l'empreinte des sens,
Baryton qui chante à l'unisson,
Les joies d'avril avancent,
Les cordes grattent le violon,
Les concertos reprennent leurs places
Dans les pergolas à glycine,
Les bambins lèchent leurs glaces
Et qu'advienne la douceur divine

Café des épices

Au milieu de Nulle part se pose,
Ce café des épices comme une statue,
Le bonheur de la place dispose,
D'épices et chalands dans la rue,
Safran, Rafia, palmiers et osiers,
Rose, cumin, cannelle et origan,
Marchand de rêve d'un autre été,
Rend à cette place charme d'antan,
Sourires d'ici, paix sur les visages,
Les garçons valsent avec leurs plateaux
Sur des boiseries d'un autre âge
Que la mesure est belle et le spectacle beau,
Richesse, ivresse, paresse des délices
Que vive cette folle place des épices
Regards croisés d'un pays enchanté
Sillonnant les ruelles de Gaieté,
À jamais dans mon âme ingénue,
Dans ce cercle des poètes disparus.

1991

Au bout de son bras gauche,
La victoire d'une belle nation,
Guy a embrassé la gloire si proche,
Pour atteindre le beau rubicond,
La silhouette longiligne immense,
A perforé l'Amérique glorieuse,
Et a mis le pays en transe,
Dans la ville lyonnaise délicieuse
La balle a performé comme jamais
Mental de guerrier fier et solitaire
À lui tout seul il a gagné,
Le respect digne des mousquetaires,
Les larmes de Yannick et d'Henri
Ont marqué l'histoire de nos vies
Mais ce joueur de double expert,
À jouer son simple en harmonie
Comme le vent autour de la terre.

Chante

Il chante sous les arcades jolies,
Je vois son bec rougeâtre et bleu,
Coincé sous la faïence endormie,
Il glisse les sous d'un jour heureux.
Malice d'un oiseau qui cherche la mie,
Rien à lui offrir sinon mon écoute,
Il sommeille un peu au Ryad endormi,
Mais bientôt trouvera une croûte,
Il disparaît encore et se cache,
Les gouttes du matin tarissent sa peau,
Comme les larmes du peuple malgache,
Les caresses du vent emportent son vol,
La douceur des fleurs calme sa torpeur,
Mais le voilà chantant, il batifole,
Comme un amant en pleine ardeur,
Chante, chante, oiseau du désert,
Crie, crie que la pluie enfin s'égare,
L'horizon bleuté est comme du Prévert,
Poésie de la vie qui se joue du hasard

Chien et chat

Fabien et Pat sont des êtres magnifiques,
Cultivés, intelligents et de grands sachants,
Ce mélange de Paris et d'une île Magique.
Observant ce couple de mon aimant,
Je le vois parfois heureux, parfois étranges,
À jouer au Scrabble comme de méchants Dieux,
Utilisant souvent des mots qui les arrangent.
Chez lui, le Bonjour du matin n'existe pas,
Pour elle, les phrases fusent comme des torpilles,
Ce dandy râleur est en fait un air d'opéra,
Et elle comme une balle dans un jeu de quilles,
Je mesure certes ces charmants propos,
Car ce sont mes amis des Sables-d'Olonne
Pour cette Thatcher et ce John Mac Enroe,
Quand on Vacille parfois, c'est notre colonne,
Le bonheur de les voir n'est jamais de trop.
Gravir le Mont-Blanc ou ses contours,
Partir au fond de la Bourgogne Sauvage,
Avec ce Parisien en jean de velours,
Ne fait que m'égayer chaque jour d'avantage.
Si vous voulez du calme, passez votre chemin,
Mais Fab et Pat croiseront un jour votre destin.

Cousin

Comme un frère, un aimant,
Comme une danse, un ballet
Ces deux âmes se regardent doucement,
Pour une heure, un jour, une éternité,
Tranquille, doux, fier et malin
Je suis vif, fou quelquefois,
Partage des astres divins
Ces deux hommes seront rois
Ce n'est pas mon cousin, c'est lui
Comme une joie extrême, une lueur,
Un bonheur le temps d'une vie
Nous serons soudés comme le fer
Nous serons jamais séparés
Car ne pas se voir c'est l'enfer,
Car tu es un joyau, mon frère

Cristal (rock attitude)

Hey Dad, i'm gone away,
Sorry, but i 'm so strong,
But please don't worry, i'll feel my way
My destiny is not so wrong

Hey Guys, i'll hear your voice,
Somewhere to paradise,
Singing my life, it is my only choice,

Hey Mum, my love's for you
Sorry, i' have to go,
Because my dreams are coming true
My hapiness has no shadow

Hey Guys, I'll hear your voice
Somewhere in paradise,
Sing all my life, i swear that is my choice,

Hey Bro, i hold your hand,
I'will always be there,
We are just one, we're just Brand
But I think of you just for ever

Hey Girls, i'll hear your voice,
Going Somewhere is paradise
Sing all my life is my choice

Hey Babe, I'm ready now
You 've open my eyes
Let's go together and faith,

Of esperance and gravity

Hey You, I'll hear your voice,
Going somewhere is paradise,
Sing all my life, is my choice,
More than life, I have to rise

Champion

Gagner un titre n'est jamais chose aisée,
Son Jab du gauche est pure merveille,
Et ce palais des Sports à ta cause admirée,
Son Combat est celui d'un Cœur d'homme,
À l'image exquise et guerrière de ta vie,
Entre Associations, discours et Podiums,
En nous tu as généré une belle envie,
Courtois, intelligent et Orgueilleux,
Ces rounds sont le reflet de ton âme,
L'Enfant de Dole nous a rendu Heureux,
Et ce jeu de Jambes à faire fondre les Dames,
Cassius Clay serait fier de voir enfin cela,
Le Noble art porte bien son nom ce soir,
Cette Victoire a fendu la Scandinavie,
En une Heure en nous étions Rois de l'espoir
Du Jura à Dijon, de Vesoul à l'Algérie

Équilibre

De ce bassin doré enfin je partais
Pour rejoindre ma famille Nordique,
Scandinavie Magique d’un froid glacé,
Peuplé d’êtres bons et charismatiques,
Neveu et Nièce m’attendaient joyeux,
En espérant voir cet oncle en forme,
Pour enfiler des kilomètres heureux,
Sur des patins géants en chrome,
Mes mains engourdies, mes pieds bloqués,
J’avançais sur la glace comme Casimir,
Avec la Souplesse d’un Sumo Japonais,
En ne songeant plus à mon bel avenir
Espérant avancer doucement et sûrement,
Les méandres de la vie ont eu raison de moi,
Mes jambes en l’air au-dessus des éléments
Ont fait de moi un glaçon géant et froid
Je suis un repenti des sports Nordiques,
Du ski de fond raté au patinage amateur,
Je regarde les lacs avec une peur tragique

Car l’équilibre en moi est une erreur,
Mais heureusement, un bon vin chaud suédois,
Âpre, tonifiant et si délicatement bon,
A fait oublier ces minutes et heures d’effroi,
Mais ces instants sont gravés dans mon esprit fécond

Deux, Deux

Un irlandais à la voix belle,
Un mancunien si divin,
Une soirée bercée par les ailes,
Des anges magiques, des musiciens
Le stade est au milieu d'elle,
Elle chante, danse, vacille,
Cette nuit de France irréelle,
De mes rêves les plus fous brillent,
Ramène en moi une promesse,
Tous les jours seront chansons,
Tu étais ma reine, ma princesse,
Que la peine n'est plus raison

All the Best

Elle

Comme une douceur, elle se réveille,
Chante la volupté du matin,
Les hirondelles attendent ce réveil,
De la princesse du jour divin,
Cette différence nous unit,
La peur effleure le soleil,
Comme une douce mélancolie
Ivresse de l'amour éternel,
Comme un flamand rose d'Asie,
L'âme sœur, le feu, une étincelle,
Roseaux du temps, à l'infini
Les ombrelles chassent les nuages,
Les alizés dansent avec la mer,
Notre union ne sera jamais sage,
Comme une lame brûlée par le fer

Éternelle

Comme une idée sans loi,
Comme un royaume sans roi,
À l'infini je suis à toi,
Comme un éclat de Rire,
Comme un joli saphir,
D'une beauté à en mourir
Paradis de mon cœur,
Joie intense et folle ardeur
Sans toi, sans toi, je meurs
Merveille de mon âme,
Enfin je perce ta lame,
Tu es ma divine flamme,
Caroline, mon amour éternel,
Matin et soir tu es si belle
Aimer est un don du ciel

Kabyle

Kabylie, terre d'Algérie,
Office de bonheur et de joie,
Farid, rabat, lyes sourient,
De bon cœur et de bon aloi,
Le couscous royal est bon,
La semoule soulève mon âme
À l'entrée de mon palais long
Les rires éclatent et fusent,
Sans haine, sans ruse,
Le paradis des gens gentils,
Unis, fiers, soudés comme jamais
Magie du désert, la Kabylie
Mes frères présents dans mon cœur,
Pour une heure, une vie, une éternité

Je dribble

Je dribble à l'envie, pour la vie
Les passes viennent à moi et pour toi,
Petit Pont et aile de pigeon,
Je kiffe la vie et le ballon

Donne du sens et cours sans trac,
Le feu dans mes jambes éclaire le jeu,
Un jour, je serai prince du parc,
Et mon âme sera rouge et bleue,

M'Bappe, stylé, dynamite l'espace,
Di Maria, enrobe le ballon de classe,
De mes yeux, je recopie les maîtres,
Laisse-moi jouer pour en être

Donne du sens et cours sans trac,
Le feu dans mes jambes éclaire le jeu
Un jour je serai prince du parc,
Et mon âme sera rouge et bleue

J’ai pas d’ego, mais je le serai
Ce joueur fou, qui danse sur le pré
Je kiffe le chant des fans
Pour le foot, jamais de panne,

Donne du sens et cours sans trac,
Le feu dans mes jambes éclaire le jeu,
Un jour je serai prince du parc,
Et mon âme sera rouge et bleue

La voix de Roland

Cette voix douce et maîtrisée,
A bercé ma vie futile du mois de juin,
Ces commentaires habiles et avisés
A rendu le tennis si fin et malin
Cultivé, intelligent et drôle,
Simple, fluide, beau et élégant,
Ce sport a perdu mots et paroles,
Mais son avenir sera fier et géant
La terre battue n'est plus rouge
Les experts de la balle ne sont plus
Comme un arbre au sommet de la vouge
La raquette cassée s'est perdue,
Mais cet homme agile et fantastique
A repris enfin a balle au bond,
De son aura si forte et magique
L'histoire du tennis a un prénom.
Ces déjeuners à bâtons rompus
Comme de jeunes poètes disparus,
L'amitié qui naît aujourd'hui
Sera un grand chemin de vie

Le glas

Comme un vaccin, une vie sans fin,
La tour s'éclaire au firmament,
Les choix emmêlent mon destin,
Comme une armure, un paravent,
Sonne le glas, déchire la croix,
Sonne le glas, déchire la loi,
Tue la bannière, regarde le vent,
L'heure des braves est notre foi,
Car nous sommes des combattants,
L'orgueil élève nos âmes,
L'échelle des clans s'élève
Contre la crise et les drames
Comme l'amour d'Adam et Eve

La scène

Claque les portes, claque ta vie,
Emmène-moi vers la scène Heureuse,
Passe le stress, conquis l'envie,
Rires à larmes belles et sulfureuses,
Chante, danse comme un derviche,
Éclate les sens des paradigmes,
Craque, explose, la joie est riche,
Public ravi donnera la dîme,
Le plancher fuit sous tes pieds,
La sueur de la peur, encore,
Mais la peur évite le danger,
Tu te sens, fier, beau et fort
À ces gens, tu respires la scène,
Jeux de mots, jeux divins,
Rien ne t'arrête, ni te freine,
Le spectacle est pour demain.

La place

Orange, citron et Mangue,
Le marchand crie et chante,
Cette folle humeur, il te harangue,
Le soleil inonde la place effarante,
Marrakech ravit le touriste,
Dansez Singe er Soie d'orient
Rentrez Couleurs, Soie sur la piste
Les souks, ces joies d'antan,
Au fond de l'allée infinie et belle
L'osier cousu est bien négocié,
La jeune femme s'y attelle
Mais le Marchand va toujours gagner.
Tapis, épices, Safran coloré
El hafna a rendu son tablier,
Doucement, l'orage avance son âme,
Fend le marché mais pas l'allégresse,
De cet amour ensablé de larmes,
Que vive, volupté, calme et paresse.

Les Suisses

Doucement, j'avance sur ce beau chemin,
La Couleur du Lac embrase mon cœur,
La volupté de mon âme éclaire mon destin,
Les vallons enneigés suffisent à mon bonheur,
La porte s'ouvre, les yeux joyeux m'attendent,
Le vin est délicat, et ce fabuleux gruyère,
Déesse Cousine à jamais se transcende,
Pour que ma venue fasse de moi un homme fier,
Alessandro a pris cet accent langoureux,
Julia m'emmène dans sa chambre de poupées,
Michel m'invite dans son cœur harmonieux,
Calme, volupté, harmonie tendre et familiale,
Exilés sétois et du sublime bassin d'Arcachon,
Sudiste et Ferretiste ont construit leur balade,
Pour que la Suisse soit enfin leur cocon
Je me délecte de cette joie attendue,
Racines mêlées et pays divin,
Ont créé l'ossature et la terre venue,
Et l'amour est là, splendide et malin.

Léa

Les Sons éclairent la Salle,
Mélodieux, harmonieux, divins,
C'est ce voyage, comme une escale,
Les yeux ébahis, mon regard enfantin,
Léa, mélomane belle et avertie,
Femme joyeuse, jolie hirondelle,
Parfois timide ou extravertie,
Sensible, elle me tend une passerelle,
Devenir artiste était mon rêve,
Par son envie, il le devient,
Les Gens sont précis et droits,
Son savoir est précieux comme le vin,
Je suis Valet, je serai Roi,
Paroles, chants, notes parfaites
La Musique est en elle, bien encrée,
Ma devient douce te prête,
À conquérir la Seine avec Fierté.

Les causes

Les anges se retrouvent au firmament,
Éclairent nos yeux humides,
Conscience et inconscience du temps,
À ne plus se toucher, on devient vide,
L'époque, embrasée de malheur,
Ces gens insipides de rage et de rides,
L'espoir revient parfois par les étoiles,
La grande Ourse salue le renouveau,
À nous les promenades à grand-voile,
Que renaisse le Monde de son berceau,
L'âme revient dans l'hémicycle,
Les oiseaux et les pélicans exultent,
De ces Bars et cafés, les phrases giclent,
La joie s'élance comme une catapulte.
La reine des abeilles fournit le miel,
Et les enfants ont les lèvres collées
Enfin on croise le sourire du soleil,
Et l'on peut embrasser l'être aimé.

Le pont de l'Ouysse

Les allées sont arborées, éclatantes,
Le pont écroulé écoute le ruisseau,
Le restaurant et son allure Charmante,
Annonce un dîner d'un jour nouveau,
Stéphane, ami de toujours enfin retrouvé,
Matthieu, frère fidèle et chef d'orchestre,
Préparent mets et vins extraordinaires,
Comme pour de grands hôtes de Trieste,
L'étoile surplombe l'entrée, si fière,
Les écrevisses et le carpaccio de canard,
Délices de chocolat et mille-feuilles magiques,
Jamais rien n'est laissé au hasard,
Pour ce chemin goûteux et gastronomique,
Ils sont revenus dans le berceau des aïeux,
Pour distiller leur savoir culinaire
À nous plats charmants et heureux,
Que Bocuse, Vergé et Blanc seraient fiers,
De voir les artisans du lot à l'œuvre,
Honorant leur région comme une religion,
Leur succès en est la digne preuve,
Je reviendrai vite voir le deuxième macaron.

L’enfant du canal

J’entends au loin cette voix douce et suave,
De cet être divin empli d’amitié et sérénité,
Son Ailleul, Ferdinand a fendu les Braves,
Avec Courage, bravoure et complexités,
Ce Nom porté avec dignité, respect et humilité,
Il le transcende avec sa parole choisie,
Travailleur acharné pour construire à son tour,
La précision de son âme respire l’infini
L’humanité est en lui sans règles ni détours,
Stanislas embrasse le monde par ses rires,
Cet humour digne, distillé avec classe,
De l’amitié il a fait son grand empire,
Caresse divine de l’histoire et ses traces
Suez a transporté ce monde si marchand
Et Stan continue avec la belle descendance
À travers la joie d’un homme si charmant,
Aventurier parfois, il embellit la France.

Les gouttes

De ce ciel bleu d'azur encombré,
De ce sable d'or doré miraculé de pluie,
L'or de Marrakech s'en est allé,
Par cet orage de l'aube à l'infini,
Der Zebina est désert à l'horizon,
Les badauds disparaissent à l'envie,
Il est temps d'apparier les blousons,
Ces musées abritent nos corps refroidis,
Mais la beauté du Maroc à ce soir,
D'une joie étincelante, d'un paradis
Où les gens sont plus beaux que le temps,
Mon ange finit de choyer ses cheveux,
Nous partirons vers la route en avant,
Pour des moments doux et heureux,
Rien n'arrête la pluie continue,
Mais le soleil va sourire à nouveau,
L'ocre de la rue à ce jour n'est plus,
Dieu que ce moment est beau.

L’instant magique

Hirondelles du printemps s’envolent,
Les carcans de la vie raisonnaient,
Les amoureux transis batifolent,
Comme une odyssée d’amour claironnée,
Les Maisons fermées ouvrent leurs nids,
Les Bassins réveillent le Canal,
Le cap nous donne cette envie,
De flâner doucement au bord de l’eau,
L’herbe embellit nos âmes ardues,
La Patience du Canon qui attend,
De sonner le Glas comme d’antan,
Le Ferret raisonne dans le vent,
Huîtres, bulots et mayonnaise,
Rosé fruité, Cabanons magiques,
Heureux, nous prenons nos aises,
Au Saint du saint, fantastique

Les mots

Lourds, durs, écrasants et mortels
Les mots sont la puissance de l'être
La parole est noble et éternelle,
Pour sortir des ronces et des spectres
Patients, rapides, usuriers ou doux,
Les lettres qui chantent s'étirent,
Comme un parchemin de Corfou,
Ils atteignent le cœur comme la mire
Délicieux, joyeux et enivrants,
Mon alphabet romantique compose,
Comme un jeu d'Icare, d'enfants
Je joins ces mots à cette prose,
Métissage d'écrits sur un coin,
L'effeuillage des sens émis,
Les mots c'est l'être humain,
Fort, heureux ou affaibli,
De Molière à Rablais, Baudelaire,
Les poètes ne sont pas disparus,
Car les mots soulèvent la terre

Les uns

À chaque moment, cet instant divin,
Ces gens du Nord si adorables,
Famille de quatre ne faisant qu'un,
Cet amour vécu n'est pas une fable,
Victor, Jeanne, Valérie et Olivier,
D'une gentillesse à faire pâlir du chocolat,
Bien dans ce confort douillet,
Comme un chef d'orchestre, je donnerai le la,
Passez un jour voir leur sourire,
Une réunion, un apéro se profile enfin,
Respirez le bonheur d'être ensemble,
Poire Cognac pour un foie Sain,
Et chaque minute, mon cœur tremble,
Je reprends la route tristement,
Pas de faux semblant ni d'hypocrisie,
Cette famille te regarde tendrement,
Les revoir une seconde, une heure ou à l'infini.

Les vents contraires

Comme un combat qui ne finit pas,
Une suite de défaites inouïes,
La force d'un homme est de faire des Pas,
Pour avancer en l'existence infinie.
L'amour des autres remplit nos cœurs fragiles,
On embrasse nos peines dans l'abîme,
Mélange de joie et de tristesse futile,
Ou l'argent, l'apparence ne briseront pas mes rimes.
Circonstances d'une vie de Lumière,
De feu, de colère, d'amour et d'extase,
La fierté d'être un homme bon et droit,
Ce jour enfin de tout je fais table rase
Les vents contraires ont jalonné ma route
Mais souffle divin me pousse au destin,
Qu'à jamais la vie enlève mes doutes
Aimer, donner recevoir, prendre et offrir,
Seront les dogmes de mes années à venir,
Voir la beauté des chants et des diamants
Dans les yeux d'un enfant et ses éclats de rire.

Maroc

L'édifice est de taille grandiose,
Prose d'un orient fier et fou,
Comme un jardin jonché de roses,
Artifice heureux d'un rêve flou,
Partage, écueil de souvenirs,
Pas à pas bâtisseurs de Sables,
Adages d'un poète au Sourire,
Le Maroc est un joyau, une fable
Soleil levant, que chante le Muézine,
Prière enchantée qui sonne l'aurore,
Douceur endiablée d'une beauté divine
Caresse d'un matin long et fort,
Laissez-moi vous porter aux nues,
Ce pays est d'une beauté accrue,
Pauvre et riche à la fois, une écorce,
Maroc, ton étoile est éternelle,
Juifs, Berbères, Marrakchis cohabitent,
De toutes ces races un lien fraternel,
Que cet instant revienne très vite.

Maman

Comme une fleur sortie de la belle Rosée matinale,
Ce jour de novembre tu es venue dans ce Monde,
Dans ce beau reflet du Soleil grisant automnal,
Dans ce Bordeaux noir ou la guerre Gronde,
L'amour que tu donnes chaque jour ne cesse,
Tes mains magiques embellissent les notes,
D'un piano joyeux que tes doigts caressent,
Le Bassin est un de tes plus beaux royaumes,
Ta gentillesse et ton cœur sont des joyaux,
Ta tendresse et ton sourire sont nos arômes,
Tu enlèves nos doutes, nos peines avec bravo
Tes enfants et petits-enfants seront avec toi,
Du bout du monde jusqu'aux Tourelles de Charlin
Nous fêterons cette journée sublime comme des rois,
Un Anniversaire d'une femme hors du commun.

Floflo, Bilou, la Puce

Maire

Il a le Royal prénom de François,
Et de la république à l'Arquebuse,
Il Protège sa Ville comme un Roi,
Et de son statut jamais il n'abuse,
Cet Homme Habile en gestes et mots,
Régale l'audience de son élégance,
Politique et sports sont ses hameaux,
Il rayonne sur Dijon avec transparence,
Il a su réveiller la douce et belle endormie,
Offrant de la joie en créant ces lumières,
De la libération à la place Darcy,
Gustave Eiffel en serait beau et fier,
De voir cette Modernité et ce calme propice
À rêver et flâner sur le square Zola,
Et marcher à la colombière des délices,

Ministre un temps, maire chaque instant,
Revenant d'un chemin contrarié parfois,
Il a cette ville, Capitale des Ducs dans le Sang,
Et pourrait conter son histoire avec Émoi,
Donner sa vie entière au Sens Commun
Est un art, un exemple pour chaque Humain.

Marée basse

Je vois tes yeux couleur Océan,
Mon âme déchirée de te voir partir,
Le drôle et la petite étaient là devant,
Les paupières embuées sans se mentir,
Avec ta canne et ton chien fidèle
Tu étais la figure de mes Jacquets,
Ta petite venait de ta Suisse éternelle,
Et emmenait avec elle tes anges adorés,
Parfois drôle, parfois jalouse ou douce,
Tu me racontais ces histoires ferretistes,
Le petit blanc servit au coin de la table
Les huîtres claires en rien ne m'attristent,
Te voir le matin embrasser mon Adrien,
Me dire de me relever à chaque embûche,
Que la vie n'était pas l'harmonie du destin
Le son de ta voix résonnait à La Teste-de-Buch,
Nous voir aujourd'hui tous ensemble
Pour dire Adieu à ce trio du bassin,
Le dernier rempart de nos cœurs troubles,
Mais les joies à venir de sentir le parfum,
Des algues et du sable d'or envoûté,
Auront à raison de ne jamais t'oublier

Mademoiselle E

Ma voix se libère au firmament,
Les chœurs envoûtent l'église,
Le son s'élève tout doucement,
Cette onde me paralyse,
Dans mon âme un chant heureux
L'octave de ma vie se déchaîne,
De cette histoire, je la fais mienne

Je suis elene sans H,
Dans mon âme les liens se détachent,
Je m'envole pour une odyssée,
Chanter une heure ou une éternité

L'éclat de verre brise le silence,
Ma main douce caresse les cordes,
Les mélodies sortent comme des danses,
Que les âmes noires se tordent,
Comme une touchante histoire,
C'est un nouveau départ

Je suis elene sans H,
Dans mon âme les liens se détachent,
Je m'envole pour une odyssée,
Chanter une heure ou l'éternité

Comme les roses de mon Avenir,
J'Entends les Halos de la foule,
Et cette musique me fait grandir,
J'emporte le vent et la houle,
Destin guidé pour laisser une trace,
Qu'à jamais les mots s'enlacent

Je suis elene sans H,
Et Dans mon âme la peur me lâche
Je m'envole vers ma liberté
Chanter une heure, une éternité.

Mon président

Macronite aiguë, une maladie rare,
Symptomatique, épique et tragique
Que l'on vienne me donner du Curare,
Avec tous ces mensonges pléthoriques,
Des gilets jaunes cassent et beuglent,
Des samedis noirs tuent les commerces,
Mais Emmanuel est un aveugle,
Que les maux malsains transpercent,
Rolex est son âme, Rothschild mentor,
Son polo Lacoste reflète son Ardeur,
Du bourgeois gentilhomme triste et fort,
Mais à chaque être vient son heure,
Et un genou frêle sera à terre,
Le combat est dur et si long,
Mais nous vivrons jusqu'à l'aurore,
La vérité est un savoir si bon,
Qu'enfin a France sera en or.

Océans

Le clapotis des vagues s'agite,
L'écume des pensées virevolte,
Le fort puissant nous abrite,
Derrière le mur de pelote,
Le soleil égrènent les secondes volées,
Pensées d'un jour merveilleux,
Comme une pluie de sens, de baisers,
L'homme est debout, fier, heureux
Au large, les bateaux voguent,
Les mâts des voiliers crissent,
Les optimistes, les pirogues,
Partent au loin et glissent
Magie de Mer, Magie du temps,
Manche, Atlantique, pacifique,
Venez à nous, lentement

Olympique

De ces travées bruyantes, j'entends
Cette folie chantante d'un peuple heureux,
La cadence infernale des rythmes vivants,
Fait oublier ces instants si tortueux,
Le prado crie son envie à l'unisson,
Ce chant phocéen derrière sa tribu,
Des hommes courant après ce ballon,
Poussez, poussez, c'est droit au but.
On pensait que tout était fini,
Waddle, Papin, Di Méco étaient héros,
Mais l'union sacrée revient ici,
Rendant à Marseille son renouveau
À jamais les premiers étaient ce psaume,
Légende d'antan, repart en avant,
Le football est là-bas un atome,
Jamais perdu, toujours en mouvement.

Oui, mais

Sylvain a le goût choisi de la perfection,
La parole Sucrée ou croquante du Nougat,
Il a fait de son métier une belle religion,
D'un Audit, rien non ne lui échappera,
Cet Homme a la tranquillité d'un ruisseau
Son calme cache parfois une timidité,
Mais à chaque étage, l'hôtel sera beau,
Il distille ses conseils avec force et dignité
Amoureux des structures et du double flux,
Il aime aussi les sports britanniques,
Où il soutient une équipe à fonds perdu,
Qui n'a d'Olympique que le nom mythique,
Quand il pénètre dans l'antre Hôtelier
Le gérant et moi, dubitatifs, comprenons,
Qu'avec un oui mais, ce sera bientôt l'enfer,
De Créer un Hôtel digne de ce nom.

Mon Ange

Comme une apparence, une évidence,
Le Soleil éclaire tes yeux d'Amande,
Calin joyeux embellit ta jouvence,
Embruns catalans dansent en Sarabande,
Ton cœur efface les doutes et peurs,
Au Royaume des anges, je serai Roi,
Joie intense de t'aimer avec Ardeur,
Chaque jour la tendresse éclate,
Diamants de ton âme, un collier,
Rubis de ton être sur la colline,
Jardin d'Eden éveille l'éternité,
Petit bout de Femme, Caroline,
Sentiments, Sentiments, purs et sains,
Nos corps s'enlacent, force unie,
Petit Ange d'amour pour la vie,
Égraine ma vie d'un don divin.

Papa

Simplement toi, simplement Roi
L'exemple d'une vie, une dynastie,
Le choix des mots, moments d'Émoi
Trente ans sans ton regard infini,
Ton sourire et ces blagues incontournables,
Mémoire d'un père et de son Mystère,
Ta vie est une si joyeuse fable,
Du Tennis au Rugby et de ce foot Hors pair,
Les méandres de ce siècle sont tristes,
Reviens sur Terre et raconte nous,
De jolis poèmes et de jolies pistes,
Pour égayer nos secondes et nos heures,
Dans ce monde éclairé de catastrophes,
Papa, force d'une nature sans peur,
Réveille cet univers amorphe,
Chante, danse comme ce Sagittaire,
Monte la voix, comme ce Pavarotti,
Et là tu seras mon hémisphère,
Comme un esthète de la Scala d'Italie.
Ton Fils

Pierre

Ce jeune homme a plein de rêves,
Aller dans ce sud si chantant,
Partir sans cesse, jamais de trêve,
Avec Clara son amour charmant
Timide, sensible et si doux,
Il a cette volonté d'un bâtisseur,
Caresser les vœux les plus fous,
Et mettre enfin toute son ardeur,
À devenir l'homme qu'il sera,
Bon, honnête et drôle aussi,
Sincère, affectueux et droit,
Digne de sa mère accomplie,
Forger l'avenir est son souhait,
Tracer de nouveau son chemin,
Pierre ira loin avec fierté,
Car C'est un homme de destins

Pays basque

Comme une vague déferlante sur la côte,
Un soleil voilé, incrusté de nuages,
Le Pays basque s'éveille à la faveur des hôtes,
Arrivés de Paris ou d'ailleurs sous l'orage,
Mais la Chistera et le Piment d'Espelette,
Guetary, Saint-Jean-de-Luz et Bidart émerveillent,
Les Valons verdoyants, les jolies Mouettes,
L'ail noir, le basilic, le thym et l'oseille,
Cette farandole exquise de parfums sentis,
Les esquisses de paysages balayés par le vent,
Bérets sur le Crâne, ils sont Euskadi,
Adieu, nous disent-ils comme Artaban,
Je n'oublierai jamais cette bâche écrite,
Décrivant Bidart magnifique et historique
Les colonnes soulèvent les colonnes de Granit
À nous les ballades sur les côtes magiques.
Caresses d'amour, jolis cœurs et troubadours,
Ce peuple et si fier, nous l'aimons,
Malgré une dame qui ronchonnait là-bas,
Nous serons ensemble, à manger du Touron.

Petit

Petit, Petit, tu grandis,
Je ne vois que ton sourire,
Tes yeux sont gouttes de vie
Emmène-moi, jusqu'à Agadir,
Père et fils, deux âmes à l'univers,
Chante et danse avec passion
Cette ballade, des phrases de Prévert,
L'arc-en-ciel de l'amour, à l'unisson

Fils de Moi, Père de toi,
Le temps, une heure, un instant,
Fils de Moi, père de toi,
Enfin, je tisse le moment

Éclairer mon chemin buissonnier,
Reviens sur tes pas si beaux,
Caresse le vent de gaieté,
Prends ma main vers Bordeaux
Le sang, qui coule dans nos veines,

Pur, pur comme du lin,
Connivence, Confluences de la Seine,
Chaque matin, je ferai ton pain.

Fils de Moi, Père de toi,
Le temps, une heure, un instant,
Fils de Moi, père de toi,
Enfin, je tisse le moment

Petit, petit, plein de vie,
Les misères du cœur s'effacent,
Quand tu m'aimes à l'infini,
La terre n'a plus de surface,
Les neiges glacées s'évaporent,
La lune blafarde devient claire,
Encore, encore un effort,
Ensemble, ensemble pour être fiers.

Fils de Moi, Père de toi,
Le temps, une heure, un instant,
Fils de Moi, père de toi,
Enfin, je tisse le moment

Lionel et Roland

Cette voix douce et maîtrisée,
À bercé ma vie rêvée de juin
Par un commentaire si avisé,
A rendu le tennis si malin,
Cultivé, intelligent et drôle,
Simple, fluide et élégant,
La balle jaune a perdu sa parole,
Mais son avenir sera géant
La terre battue n'est plus rouge,
Les experts de la balle ne sont plus,
Comme un arbre au sommet de la vouge,
Ce sport de raquette s'est perdu,
Mais cet homme agile et fantastique,
A enfin repris la balle au bond,
De son aura si forte et magique
L'histoire du Tennis a un prénom
Ces déjeuners à bâtons rompus,
Comme de jeunes poètes disparus
L'amitié qui naît aujourd'hui
Sera pour moi un grand chemin de vie

Rouages

Ce soir je donne mon âme au diable,
À regarder ce dingue de Monde,
Ou rien n'est crédible ni potable,
Virus d'un mal qui ment et gronde,
Je sortirai un jour, mon amour,
Dans les rues, le silence est sourd,

Survis aux rouages de la vie,
Embrasse les fleurs du ciel,
Danse encore jusqu'à l'envie,
De notre amour éternel

Berceau d'une terre qui s'éteint,
Merveilles brûlées par les peurs,
Chacun face à son destin
Confinés sans faire d'erreur
Les soignants comme des héros.
Invincibles face au fléau

Survis aux rouages de la vie,
Embrasse les fleurs du ciel,
Danse encore jusqu'à l'envie,
De notre amour irréel,

Mélange des heures dans nos têtes,
Courir, pour passer le temps,
Plus d'orchestres, plus de fêtes,
Perdre le sens, rien comme avant
Calme plat sur les allées vertes,
L'humanité s'éteint, inerte.

Survis aux rouages de la vie,
Embrasse las fleurs du ciel,
Danse encore jusqu'à l'envie,
Notre amour inconditionnel

Survis aux rouages de la vie,
Embrasse las fleurs du ciel,
Danse encore jusqu'à l'envie,
De notre amour éternel

Ryad

Comme un havre de paix Royal,
Une esquisse du bonheur marocain,
À l'aube des temps, beau et abyssal,
Comme une empreinte, un écrin,
Douce fumée qui s'envole en cuisine,
Le tajine remplit les cœurs et les corps,
Danse, semoule, comme une ballerine,
De l'amour d'un pays qui rit fort.
Saïda a le sourire raconte une fable,
Douce, fière comme du sirop d'érable,
La couleur de l'émail embrase les murs,
L'acajou et la faïence s'enlacent,
Aussi beau qu'une divine créature,
Le Maroc intérieur est une grâce
Les nappes allongées sur la table,
La dame sans nom caresse le blanc,
Le fer chaud rend le feu aimable,
Comme une histoire du Grand Orient

Princesse endormie

Le carrosse freine aux pieds de son lit,
Sa blondeur épouse les courbes des draps,
Coquelicot du matin, rose de ma vie,
L'esquisse du bonheur jaillit des bras
Caresse du soleil au bord d'une terrasse,
Son corps huilé est passé entre les mains,
D'une belle de Djerba que son corps enlace
Pour une meilleure santé, un joli demain
La princesse se réveille avec son café
Au milieu d'un raid emballé de satin,
Elle attend son prince au sommeil léger,
Pour partager, déjeuners et fruits
Puis elle s'endort, comme une hirondelle
Les mains croisées sur un lit enfoui,
Je lui chante une ritournelle,
À cette beauté du matin tunisien,
Les sons de la Mosquée s'éclipsent,
Comme un appel au soleil levant,
L'amour de l'Afrique grandit,
Dans mon cœur de prince charmant.

Rome

Une ville éternelle s'offre à nous,
Du Colisée au jardin des roses
Du palatin, du colosse au grand loup
Me donne cette envie de prose,
Rome antique ou romantique,
À cette ville ruée d'histoire,
Fière, belle et mythique
Porte encore l'allégresse d'y croire
À ce passé romain qui m'envoûte,
Me rappelle deux années d'amour
Avec toi, je construis ma route
Sans crainte, ni peur, ni détour
Mon Italienne d'un jour, toujours
Au-dessus de la plaza di Spagna
À toi, qui me couvres de velours
L'Italie nous a donné la voie,
De la vie ensemble pour toujours.

Sardaigne

Comme un calme divin et serein,
Légende Sarde des guerriers sages,
Cette île mystérieuse et sans fin,
Réveille en moi les adages,
D'une vie de soleil et d'écumes,
Couleur d'un écrin sans pareil,
Partir de ce cocon est amertume
Revoir ses alizés et merveilles,
Tininto, grottes et paradis bleu,
Criques infinies à l'horizon clair
Les oiseaux sauvages hissent leur mât,
Tranquilles, magistraux et fiers,
De porter leur île en haut du glas,
Sardaigne, jours heureux et beaux,
Sardaigne, ton amour est en moi
Merci pour cet éternel Cadeau,
De nature feutrée qui me met en émoi
Plongée à l'intérieur du Corail,
Tatouage encré sur mon poitrail.

Simplement

Caresse l'antre de ton dieu
Écoute ton âme entrer en jeu
Réveille la femme qui est en toi,
Redonne-moi la force d'un roi
Viens, viens sur ma colline,
Mes vallons d'amour, câlin

Simplement, doucement, je t'aime
Simplement, doucement, carpe diem
Mais simplement, doucement, je pars
Simplement, doucement autre part

Cache ta peine, soit ma Reine,
Loin d'un cœur de Pierre, soit ma rivière,
L'écume des flots, la Seine,
Le Pont des Soupirs d'hier,
L'amour s'éteint, je veux que tu comprennes
Quand Ma main lâche la tienne,

Simplement, doucement, je t'aime
Simplement, doucement, Carpe Diem
Mais Simplement, doucement, je pars
Simplement, doucement, autre part

Regarde-moi, aime-moi fort,
Embrasse-moi, plus qu'un effort,
J'ai besoin de toi, de ton Envie,
Venin d'amour de ma Survie
Lumière Glacée de nos hivers
Contre ton corps, j'veux plus d'enfer

Simplement, doucement, je t'aime
Simplement, doucement, Carpe Diem,
Simplement, doucement, je pars,
Simplement, doucement, ce soir…

Sœur

De l'âme d'un frère émane l'amour,
D'une Sœur, belle, douce et merveilleuse,
Chaque mot est doux, ni aveugle ni sourd,
Légèreté d'un être, d'une femme heureuse,
De donner de son temps, son cœur sensible,
À ces deux contrées, et ses deux familles,
Déchirée parfois entre un retour tangible,
Ou de rester dans son nid et sa belle escadrille,
Le soleil brille chaque seconde au-dessus des nuages,
La neige et la glace s'effondrent devant elle,
Scandinavie, France magique sont ses adages,
Elles ont fait d'elle une sœur éternelle,
Enseignant comme Chopin écrit ses balades,
Avec douceur, volupté et pleine conscience,
Les phrases fusent comme de jolies sérénades,
Que l'on peut conter dans une ville comme Florence
Extase de l'humanité, quand je la vois citer,
Les délices du passé lors d'une jolie fête,
Effleurant l'instant avec grande sagacité,
Diffusant ces sentiments comme le vent de Crète,
Toujours avec beauté, bonté et habileté.

Trois

Ils ont la grandeur et l'âme des mousquetaires,
Unis à jamais dans ce désir de bonheur,
Nono et Mireille, et mademoiselle K sont fiers,
D'apporter chaque jour une goutte d'honneur,
Comme un élixir d'amour autour d'un bon repas,
Monsieur s'attable avec ses deux princesses,
Prononce des mots touchants et déroutants parfois,
Pour celle qui ne connaît pas son process,
Il a une voie tracée à jamais pour le ferré,
Elle a le service public chevillé au corps
Cette maman qui veille au bonheur d'une fille
aimée,
Il y a en eux l'amitié en si belle saveur,
À chaque moment de ma vie ils sont là
Entre un match exquis de ce Monsieur Navas,
Et de mon Zidane Bourguignon et habile,
Ou un goûter joyeux ou Keyla m'embrasse,
Chez eux, vraiment, rien n'est futile
L'alliance d'une émeraude et d'un Roc,
Ont mis en musique ce roman enjoué
Ou chaque instant l'unité fait bloc,
Avec tant d'amour me voilà rassuré.

Un frère

Ce petit homme rapide, précis et concis,
A le verbe facile et l'âme d'un conquérant,
Au petit matin, sous le beau soleil Isérois,
Il t'accueille comme Noé les bras ouvrants,
Cet Enfant d'Israël a aussi subi des Guerres,
Des Humains désireux de briser ses rêves,
Les affres de la vie lui ont appris à se taire
Et d'avancer comme un soldat de Judée
Cent mille volts sont entrés dans son sang
Il arpente chaque rue pour créer à nouveau,
Il marche sur les affaires comme Jésus parfois,
Mais écoute les conseils des amis sincères,
Nous irons à Tel-Aviv un soir fêter la joie,
Et chanter ensemble en exauçant nos prières,
Notre destin est lié, comme deux frères
Pour des âmes d'une autre destinée,
Créant autour de nous une nouvelle terre,
D'envie, de beauté, d'amour et d'amitié.

Une amie

Elle a le délicieux prénom d'Isabelle,
Douce, tendre, toujours là pour vous,
Rien qu'à l'écouter, la vie est Belle,
Chaque mot dit est un lâcher d'écrou
Cette Dijonnaise a l'amitié du bon vin,
Sa silhouette enjouée pourfend l'espace,
Son empreinte est remplie de destins,
Son talent d'oratrice est doté de classe,
Protégeant sa famille comme une Reine,
Diffusant son sourire de bon aloi,
Parfois, devant l'Humain elle a de la peine,
Et se réfugie vers ses chiens et Chats,
Sachant reconnaître les talents de Chacun,
Elle encourage les belles initiatives,
Afin que la vie soit un doux parfum,
Châteaux et vins de bourgogne, elle connaît,
Pour cette femme a la gentillesse infinie,
Ces Conseils sont en moi pour l'éternité,
C'est ce que l'on nomme l'amitié d'une vie.

Saint-Remy

Le Mas de Provence éclaire mes yeux,
La lavande envahit mes âmes,
Les couleurs chantent mes cœurs mélodieux,
Ton regard fend mon être, une larme,
Arboré, fleuri, bienvenue à Saint-Remy,
Pagnol, Bouzigues et merveilles,
Comme un parfum de Grâce,
Ce chant d'amour, place Mireille,
Castelet des Alpilles est ton nom,
Sans Artifice, beauté fatale
Ton Cap s'étend de tout son long,
Une évidence, une promenade, une escale
Venez, venez, dansez maintenant
Humez les senteurs de Lavande
Prenez ce café de rhubarbe, un temps
Partagez ces fruits de la lande.

YSL

Il brode, tisse, coût comme un orfèvre,
Son regard n'a d'yeux que pour elle,
Il créera sa robe des pieds aux lèvres,
L'élégance en lui est une citadelle,
Imprenable, fière belle et si forte,
Dieu de la soie, du lin ou du coton
Les tissus arborent les belles portes,
Du paradis de classe et de justesse,
D'une courbe galbée d'un mannequin
À la bague dorée d'une étoile montante,
Son savoir est un éternel écrin,
Sa timidité en est juste arrogante,
Il est femme dans son être divin,
Beau et frêle, clair et soucieux,
Limpide en pensée d'une mode française,
Magie d'un homme doux et précieux,
Il a ouvert la vie d'une parenthèse,
Saint-Laurent est un fleuve délicat,
Rapide, fluide et consensuel,

Défilez, princesses, dans vos apparats,
Dévoilez vos courbes fines et éternelles.

Table des matières

Imprimé en France
Achevé d'imprimer en avril 2022
Dépôt légal : février 2022

Pour

Le Lys Bleu Éditions
40, rue du Louvre
75001 Paris